KB044641

# 나의 드라마

이혜자 시집

문학세계사

□ 시인의 말

내 목숨을 지키기 위해 애쓴 많은 분들께 감사드린다.
남편, 아이들, 부모님, 형제, 내 마음의 동무 현옥 언니,
그리고 마음을 다해 준 차현화, 성윤경 선생님과 이름만 기억하는 연우 선생,
옆 침상에서 함께 아팠던 환우들,
그 많은 수혈증을 모아 준 선주고 3학년 학생들과 선생님들.

아픔이 끝나도 또 다른 고통이 기다린다.
늘 새로 쓰고 싶었던 생은 내가 병이 들면서 쓰여지고 있다.
아무것도 쉽게 변하지 않았지만 달라지지 않는 것도 없었다.
받으면 주는 공식에서 이제 벗어나 홀로라도 열려 있고자 한다.
마주한 이들이 꽁꽁 싸맨 마음으로 앉아 있을지라도.

아직 몸은 아프고 때로 우울하지만 두렵지 않다.
지금까지 이런 강적을 만난 적 없었고,
무방비 상태로 당한 적이 없기 때문에.
이미 오래전에 나에게 백기를 들었다.
오히려 내게 온 병이 나를 자유롭게 만들고 있는 셈이
랄까.


모두모두 잘 버티길 바란다.
봄날에 피는 꽃들 같은 한때도 있으려니.


2015년 7월
이혜자

# 2

# 3

# 4

*1*

# 나의 드라마

늘어 가는 주근깨만큼 쌓여 가는 걱정
한 묶음씩 소멸하는 행복
그리고
한 발짝씩 생으로부터 멀어지는 너
너에게 보내지 못한 편지
수박씨처럼 뿌려진 글자
한때 나의 생 또한 꽃이 만발하였다
그리고 단풍이 들었고
후두둑 졌고
바삭바삭 부서지고
마침내 주인공이 뛰쳐나간
그렇고 그런 드라마가 되었다

# 책 읽기

이것은 미친 짓이다 정말. 나날이 창백한 거울을 보는 것. 삶은 너무 많은 함정을 파 두었다. 소나기 요란한 날, 이런 밤엔 아무도 모르게 사라질 것 같다. 날마다 파도처럼 책장을 넘겨도 기록된 해법 한 줄 없는데, 읽고 또 읽고. 바둑알처럼 무료한 오후에, 장님 같은 나방이 날아드는 밤에, 지글지글 속만 타는 길 찾기. 멋진 해법을 찾기 위해 책과 한판. 꼬인 삶의 실마리를 찾아 밤새 뒹굴뒹굴, 책을 안고. 동행 없는 길, 죽은 자의 책을 덮고 나름 잘 그린 그림을 펼치지만 내 생은 졸작. 세상의 함정에 여전히 허우적대는.

## 하루들

펼쳐졌다 접히는 파라솔 같은
차려졌다 치워지는 밥상 같은 하루
물 위에 빚은 물수제비처럼 가끔 진동할 뿐인
생은 취하지 않고 견딜 수 없는 지겨움
가시지 않는 갈증

# 맑은 날

구름 한 점 없는 하늘
내 정신이 푸른 날
팬티에 피 한 방울 묻지 않는 날
빨간 신호등을 만나지 않은 날
기쁘지도 슬프지도 않은 날
누구와도 부딪히지 않은 날
비밀 없는 날
알약 하나 삼키지 않고도
고요한 마음의 날
옹달샘처럼 맑은 날
참 희한한 날
그래서 무서운

## 나는 희망한다

굶주림은 정신의 구름을 걷고
맑은 머릿속에서 사과꽃처럼 피는 생각들
꽃이 지면 조롱조롱 사과는 달릴까
너른 엉덩이처럼 가지를 벌린
사과나무는 단풍나무이고 싶지 않았을까
한번쯤 사철나무이고 싶지 않았을까
빨갛고 둥글게 클 사과
사과나무는 얼마나 달콤 향긋할까
그 사과의 살 속에서 살고 싶다
징그럽도록 맑아지는 머릿속을 떠나
차라리 꿈틀꿈틀 벌레이고 싶다

갈라진 잎들, 햇살만의 길일까
꽃잎 지나 줄기를 타고 이파리마다
감탄에 가까운 비명을 지르는 봄꽃들
서로 다른 꿈을 꾸고 있는 얼굴을
바람을 따라 나르는 겁 없는 마음을
꽃잎처럼 날리고 싶다 훌훌

당신들의 발밑에 꾹꾹 밟힐지언정

이제 아이처럼 마냥 파고드는 것
돌봐야 하는 작은 마음들로부터
닫히고 싶다
지나온 길 뒤에 홀로 선 신호등
바람의 속삭임에 즐거운 가로수처럼
그렇게 남겨진 채 내 살을 어루만지고 싶다
폐점 시간 주르르 내려지는 셔터처럼
밤이면 비 오는 날이면 꽃잎을 닫는
수선화처럼 꼭꼭 닫히고 싶다

# 그리움

눈감으면신호등처럼깜박이고있는그의눈이
길위엔그의그림자와화단그득그의향기가
편지마다알록달록한사연이꽃잎처럼말라있다
그곳에서뚜렷이행복했던나는
편지처럼구겨진얼굴로아픔을굴리고 있다
지금은생각을파먹는벌레가되어
추억을갉아먹고있다

# 산불 조심

산모퉁이를 돌 때, 산불 조심
하얀 천 위 붉은 궁서체
겨울 피부 같은 동네 뒷산
나오는 사람, 들어가는 사람들
한 번쯤 쳐다보지 않을 수 없게
펄럭펄럭, 콩닥거리는 불안함으로
펄럭펄럭, 충혈된 눈으로
작은 불씨에 죄 타버리는 나를
기척만 있어도 꺼 주시길
확실히 아주 확실하게

# 그를 보내고

어머니는 장례식에서 돌아오자 주인 없는 물건들을 꺼내기 시작했다. 어리둥절하기는 물건이나 사람이나 한가지. 남은 가족들은 그의 옷가지처럼 기억을 태우고 싶다. 그가 앉았던 흔들의자, 마구 기억을 흔들어도 좋은 추억 하나 없는, 그를 도려내고 싶었다. 그는 산 것처럼 무시당했고, 먼지처럼 떨어져 나갔다. 꿈에라도 두려운 저 얼굴들로부터. 아직 저 방에 아버지가 있을 것 같다는 어머니, 눈물을 쏟으며, 불을 붙이고, 방을 몽땅 비워 내도 성에 차지 않을 만큼 그를 증오했는가, 사랑했는가.

## 내장을 도둑맞다

먹어도 끝나지 않는 식은 밥처럼 지루한 이름
평생 애지중지한 그의 몸 구석구석 암이 자라다
행세 못해도 기세 등등
한푼 보태지 않은 세간살이 와장창창
도망친 어머니, 밥상을 차리러 돌아오다
삐죽한 아이들의 눈을 보고
죽지도 않고 죽일 수도 없는 그를 보며
청춘이 억울한 눈이 퉁퉁 부어오르다
그래도 아침이면 웃는다, 웃고 말고
사람 보고 웃지 않는다고 신발짝을 날릴 테지
저 도둑놈이 간과 쓸개마저 훔쳐갔으니
아침이면 다시 웃는다, 웃고 말고

# 동동주

자잘한 수다들이 뜨는 동동주
진지함은 사절, 솔직함은 불청객
아무리 봐도 도박 같은 주식을 하는 남편
공부 잘하는 아이, 어른스런 아이
웃지 못할 이야기
수다의 법칙을 벗어난
열린 지갑 속에 푹 가라앉은 동전 같은
취한 웃음을 흔드는 이야기는
동동 마셔 버리자

# 까치의 독백

　나는 길조吉鳥가 아니에요. 그녀도 나에게 관대하지 않았고요. 날마다 욕을 퍼부었고 총성 같은 음악을 울렸고 무지개 끈을 흔들고 덫을 놓았죠. 나를 구워 먹고 싶어 하는 사람들 틈에서 억지로 살아남은 질긴 접니다. 그런데 이게 웬일일까요? 사과나무에 사과가 한 개, 배나무, 감나무에도 꼭 한 개가 간당간당 달려 있네요. 흠, 나를 잡을 미끼, 매달려 있는 그녀의 양심! 연중 행사로 남겨진 까치밥이란 말씀! 까치를 놀리는 까치밥! 마음은 있는데 여유가 없다는 그녀, 미워할 수 없는 그녀, 굶어죽을지언정 먹지 않을 겁니다. 근데……자존심도 배가 고프군요.

# 벚꽃 사이로

꽃들 사이를 걸으며
남은 에너지를 생각하네
저 화려했던 날 모아 두었던
겨우 버틸 힘으로
꽃들 사이를 걷고 있네

꽃들을 밟으며
한 번의 사랑을 생각하네
펑펑 눈물 쏟는 꽃잎
꽃들은 사랑하여
활짝 사정하였네
꽃들 사이로
닝닝한 냄새 번지네

꽃들 사이를 걸으며
나는 웃네
우는 꽃잎 같은 웃음
곧 굳을 웃음

## 부채질을 하고 싶다

소나기를 쏟고
멀어지는 구름 꽁무니에
힘껏 부채질을 하고 싶다
늦장 부리는 여름의 장난질
슬금슬금 다시 가랑비를 뿌리며
마른 날이 머뭇거릴 때
느려터진 구름 뒤에서
부채질을 하고 싶다

살똥스럽게 잎을 닫는
늦여름 채송화
서글픈 날들을 겪으며
갖가지 기분의 꽃을 피웠을
짤막한 뿌리
낮은 꽃
꽃의 눈물
개는 하늘
느려터진 구름 뒤에서
부채질을 하고 싶다

# 바람이 등을 밀어

바람이 등을 밀어 가는 출근길
마음은 훌훌 떠나는데
발걸음은 가던 대로 내딛는다
벌레 먹은 감잎을 밟으며

바람은 등 뒤에서 분다
길 위로 날리는 것들
과자봉지 같은 색색의 주검
바람, 너의 잔치는
나의 피눈물
바삭바삭 부서지는
한때의 꿈이여

# 도토리묵

부드러운 그러나 질긴 미나리
시든 당근과 향기 품은 깻잎
말벌 한 마리 붕붕
뒤통수를 위협하고
탱글탱글한 묵을 씹는다
달착지근한 양파
그렇게 때로 달달한 생
들기름 내 솔솔
때로 그렇게 고소한 생
자잘한 벌레들까지 갈아 만든
알고 보면 고단백 도토리묵
우리의 생 또한 고단백이었으면

# 그림자

1

너는 있다
오늘 아침도 이렇게 눈앞을 막아서며
말도 건네지 않고 읽힐 표정 없이
어떡하라고?
이 집을 드나드는 그림자
어쩔 수 없을 땐 그냥 그런 채 살아라
햇볕이라 다 뜨겁더냐
움직인다고 멀쩡히 살아 있을까

2

나와 묻힐 나의 그림자
나의 음지, 나의 그늘
마지막까지 내 곁에서 침묵할
우스꽝스러운!
밟혀도 꿈쩍도 않는 척
언제나 무지 아플 너로 인하여
나는 통곡한다

그림자, 나의 상복

3
나의 그림자를 숨길 수 있는
큰 그늘을 바랐네
언제나 조각나 버리는 꿈
오지 않을 것들을 기다리는
어리석음을 쭉 짜내고 남은 건
딱딱한 생각과 까만 심장
생의 뜨거운 맛에 데여
익어 버린
그것

# 나는 발효중

뱃속 가득 술을 넣고 누운 밤
바다를 둥둥 떠다니는 꿈을 꾼다
부표처럼 가벼워지는 꿈
파도를 넘어 너울을 지나 지나
너른 바다의 품에서 도라지꽃처럼 웃는
펑펑 거품으로 사라져도 마냥 좋은

빙빙 도는 천장
가만히 있어도 지구가 돌고
세상의 이불을 걷어차도
언 별이 따뜻이 웃어 주는
눈발처럼 날리는 사람들의 웃음 소리
내 웃음이 아니어도 좋지 않은가

끝내 울음을 터트려도 좋은 밤
부글부글 끓어오를 때마다
힘껏 당겨 안는, 뱃속의 술
그 고마운 친구는 지금
나를 발효시키는 중

*2*

# 나의 계보

할아버지는
총 맞아 쓰러진 대통령 때문에 울었지만
난 자살한 대통령의 죽음 앞에 울었다
할아버지는 최면에 걸려 울었지만
난 다시 최면에 걸리지 않으려 울었다
할아버지는 독재의 묵은 정 때문에 울었지만
난 짧고 굵게 남겨진 뜨거움으로 울었다
할아버지는 새마을 사업으로 평안하였고
나는 민주주의의 단맛을 보았다
죽은 자를 밟고 새 대통령이 뽑히고
그런데도 여전히
모두 노예로 남았다

## 집으로

　자주어지러워이냄새마지막예산을쓰기위하여새로깔
린아스팔트어느덧아이가뛰어노는길저푸른초원위에그
림같은집을짓고사랑하는우리님과한백년살고싶은가이
젠문지않는다십이월의우리도시다시블럭을깔고가로수
에등을달아곱게꾸민살기좋은곳이여기있으니아직덜군
어쩍쩍달라붙는검은도로껌놀이하는아이를끌고집으로
빙빙돌아집으로

## 달달한 생

외나무 젓가락에 휘휘
풀리듯 감기는 실오라기들
한 숟갈 설탕은 너무도
쉽게 변해
감쪽 같은 설탕의 부활
앙상한 뼈를 감춘

생은 이스트로 부풀린 빵
시지포스의 지칠 줄 모르는 쇼를 보며
시장기를 잠시 잊는
대부분 과장된 것
완결을 거부한 채
날마다 실랑이 벌이는
비극을 두려워하는 희극
때로 설탕 한 숟가락이면
달달하게 변하는
참 희한한

## 그 하나님께서

위층에서 나무를 베겠다고 알려 왔다, 가을 문지기는 필요 없나, 올 여름 햇빛 막아 좋았고, 푸르러 좋았다고 얘기할까, 공동 생활이란 인내와 양보가 필요한 법, 슥 슥슥 커다란 나무가 힘없이 누웠다, 슥슥슥 나무가 들기 좋게 잘린다, 시원한 표정으로 땀을 닦고 휙 하니 올라가 버린다, 이제 햇빛이 좌악 들 거예요, 의기양양하게.

일요일마다 소식지를 들고, 하나님 나라는 아름답다고, 못 하는 게 없는 하나님이라고, 그 하느님, 쓰러진 지 반 시간 된 나무 한 그루쯤 되살릴 것을 믿습니다, 봄 햇살 같은 당신이 저 그루터기에서 무화과를 영글게 하실 겁니다.

# 눈

닭들도 돼지들도 실려 나가는 날
트럭 위에 먼저 오른 황소
둥그런 공포와
마주한 아저씨의 눈
몇 번씩 가슴을 쓸어내리게 하는
맹수처럼 차가워진 아저씨
박쥐처럼 퇴화하는 눈
마음 아픈 기쁜 날
북적이는 장터로 떠날
침묵의 눈이다
생이 간당간당한

# 기다리기

정권은또바뀌었다
물가는일곱유가는네배교육비교통비식품비그리고
고층아파트처럼쑥쑥올라가는것들
유세장의목소리만큼이나날선
도시의새는세금을물어오는가
보도블럭의빈틈을쪼던비둘기가돌아오는저녁
빈집우편함마다고지서가손을내밀고있다
짬없는동네,핏빛노을은얼른몸을숨기고
숨고싶은사람들,숨어야하는사람
하나둘온다
독촉장을받은손
학원비를받는아이의어깨
밥상을차리는얼굴
망할놈의최면을얼마나걸었는지
희망은너덜하지만버릴수없는속옷
마음마저굳었지만살아야하기에
또다른정권을기다리기로한다

# 가족

검버섯도 없던 할머니 돌아가시다
사업한다고 허풍 든 아버지 망하다
구겨진 체면보다 아이들이라고
엄마, 몰래몰래 일하러 가다
도시로 유학간 자식들 생활고와 싸우다
시간은 새것을 만들고
헌것은 묻는다
전세값은 오르고 내려도
오늘도 새 날인 양 발을 딛다

# 완벽한 하루

오늘 하루 어떠셨나요
적어도 비굴함은 들키지 않았습니다
아이들의 총명한 눈
동료들의 웃음
원장에게 바칠
무거운 선물 얘기
가족과 보낸 주말 이야기
있지만 단절된 삶처럼
지루했습니다
뭐 좀 매력적인 일 없을까요
연말 정산을 하는 김쌤 옆
진눈깨비처럼 흩뿌릴 지폐를
상상하는 일 말고
점심내기에 이기고
공짜 커피
꿈 같은 무임승차
참 완벽한 하루
목숨처럼
공짜는 불안합니다

# 내가 아는 그, 택배 아저씨

　멀리서 걸어온 그, 검은 비닐봉지 밖으로 소주병의 목이 보인다. 아들이 꺼내간 자산관리공단의 우편과 가스 중단 예고장을 보게 되리라. 오늘밤 솜씨 좋은 아들의 피아노 소리 대신 애 엄마의 흐느끼는 소리가 환풍기를 타고 흘러내릴 것이다. 택배 일을 시작했다는 그를 기다려 주지 않는 갑甲들. 을乙의 목을 죄는 계고장. 터지고 나면 흔적도 없는 무지갯빛 비눗방울, 행복은 검은 비닐에서 나오지 않는다. 과속하지 않는 그의 삶에 빚은 바이러스처럼 퍼진다.

# 장보기


노란 포스트잇에 적힌 생필품 목록
가지, 오이, 고기 한 근, 고등어 한 손, 수박
떨리는 마음에 내 손은 멈추고
아이들이 과자 봉지를 들고 눈을 맞출 때마다
웃음 지었다 고개를 저었다 한다
비싸다고 한숨 쉬고, 들었다가 다시 놓고
달디단 참외가 그럭저럭 하다고 말한다
건강을 위해 소식小食한다고
생필품 가격 내렸다는 나라님 말씀 믿고
저렴한 것 고르느라 오래 걸렸다고

애들아, 다음 장보기는 엄마만 해야겠다

# 시립도서관

고치를 짓기 위해
누에가 섶에 든 것 마냥
도서관 칸마다 실크를 꿈꾸는
그와 그녀들
송장으로 남지 않기 위하여
쉽게 자세를 바꾸는 사람이 없다
뭘 모르는 녀석들
떡밥 같은 감탄사를 흘리며
뱅글뱅글 도서관을 돌고
구름처럼 웃음을 게우는
그늘 밑 연인들
어디서 놀던 새들인지
거친 지저귐은 창턱을 넘고 있다

최신을 갱신하는 나이
해마다 가격을 개정하는
책을 펼치고 덮고
눈 감은 금붕어처럼 중얼거리고
손때에 전 노트에 적고 또 칠하고

낮은 데로 임하는
참한 공무원이 되겠다고
등을 굽히고 고개를 숙이고
땀을 닦고 물을 마시고
이미 소원 성취한 공무원들
에어컨을 껐다 켰다
뜨끈한 시립도서관
송장 만드는 이곳

# 새것처럼 살다

신호 대기중인 그리움
이십 년은 덜덜거렸을
경운기 한 대, 헬멧 쓴 운전자
하세월에 헌것이 되었구나
안개비까지 부슬부슬 밀리는 퇴근길
초록 신호등은 아득히 멀고
어느 생이 위험하지 않을까
빨간 등이 무뚝뚝하게 꺼지고
차들은 바삐 지나간다
투덜거리는 경운기
색 바랜 정겨움이 힘을 내
달달 달달
한때 이 몸도 유행이셨다!

# 분수처럼

분수, 밤낮 솟구치는
더 높이, 그래 힘을 내
흔들리지 않는 나무
조그만 그늘에 앉은 아버지의 졸음
정거장에 늘어선 택시
모모의 시간처럼 정지한 공원에
분수와 아이들만이 살아 있다

높이 높이 솟아 봐
기름값 채소값이 오르는 것처럼 쑥쑥
휴가비를 아껴 건전지를 사 오는 어머니
바다로 뛰어들 수 없는 가족을 위해
아버지를 깨우고
몸속 깊이 장전
모두 에너자이저로 변신
아들아 뛰어 봐라, 솟아라

# 유통 기한


칸칸마다 그득 채워진 먹거리
유통 기한을 넘긴 음식
왜 두부로 김치찌개를 끓이지 않았는지
왜 밥알은 우박처럼 얼었고
쪼글쪼글해진 사과에 너무 마른 오징어
버리고 버린 음식
불빛이 환한 냉장고
식욕은 넘치는데 넘어 가지 않는 음식
그럼에도 불구하고
비우고 버리고 새것을 사는 쾌감
웃지 못할, 중독된 일상
너로부터 남겨진 나는
이미 상해 푹푹 썩어 가는 중

# 부실한 공상

서러운 마흔도 지났다
여전히 아침은 눈부시다
마지막으로 본 그녀는
변비에 걸린 얼굴이었다
그녀도 맑게 떠났고
나는 과자 봉지처럼 봉해져 있다
더 늙을 마음 없이
검은 낙엽처럼 뿌리도 없이
저벅저벅 시계 위를
위대한 건전지를 물고
시침을 따라 분침을 따라
저벅저벅 우주를 돌아보고 있다
부실한 공상
나의 힘

# 자꾸 눈길을 끄는 그녀

사연만은 탱탱할 쭈글한 가방
끊어진 길처럼 툭툭 불거진 손등
어깨가 솟았다 가라앉는 한숨
하늘은 푸른 창을 확 닫을 것 같은데
한 끼의 밥도 들어가지 않았을 분홍 입술
맨발을 담은 차가운 구두
먼지들도 살아 있는 공원에
봄 기운도 뚫지 못할 그녀
누런 세쾨이어 아래 꽁꽁 싸매고
얼음 쩍쩍 녹는 연못을 물끄러미 바라보는
자꾸 눈길을 끄는 그녀
같은 페이지를 계속 보는 듯한

# 사는 거

서먹한 동거중
빈 눈에 빈 마음을 담아
벚꽃 잎처럼 풀풀 날리는 밥을
며칠 지난 찬을 담는다
어떻게 표현해야 할까
이럴 땐
그는 영문도 모르고
툴툴한 밥상을 받는다
출근하는 그의 시린 눈
그러나 눈인사를
빨리 이 늪에서 나오기를
시월의 하늘처럼 푸르기를
뜻대로 되는 것이 있었던가
여름, 그 계곡의 물처럼
콸콸 쏟아지고 싶다

# 가끔 35분 간 기차를 탄다

가끔 35분 간 기차를 탄다
창밖의 나무들, 길, 전봇대가 물러선다
지나치고 나면 그만
컴컴한 굴 속을 지날 땐
귀를 막는다 눈을 감고
아침이 밤이 그렇게
흐리고는 맑은 날이
조금씩 달라지겠지
견디는 것에 이골이 나겠지
희망은 제스처
짧은 마흔, 긴 절망
달라진 것 없는

*3*

## 몰랐습니다

　주말을 기다리던 나, 아픈 이들의 주말, 검사도 없고 결과도 멈춘, 막막함과 위태로움으로 긴 하루, 이끼 짙 푸른 바위에 서 있는 것 같음을 몰랐습니다. 병실의 웃 음 소리가 공포처럼 들리고, 가벼운 드라마 한 편 나눠 보기도 힘든, 사소한 에피소드마저 심장을 죄는 일임을, 퇴원을 앞둔 사람들의 목소리가 누군가의 더 막막한 비 극이 됨을 몰랐습니다. 죽음이 이렇게 코앞에 와 있을 때까지.

# 김나리 선생은 어떤 말을 물고 올까

김나리 선생을 어떤 말을 물고 올까
혈소판 수치가 더 떨어졌다고
당장 수혈을 해야 한다고 할까
좀더 기다려 보자고 할까
스테로이드로 퉁퉁 부은 나의 얼굴은
그녀에게 당연한 모습으로 보일까
새벽마다 피는 뽑히고
아침이면 검사 결과에 피가 마르고
집으로 가는 길은 자꾸 멀어지고
내가 봐야 할 얼굴은 말라 가고
뙤약볕에 꽃도 쓰러지고

# 둥글게 산다

둥글게 산다
마음 한 접시 둘 곳 없는
밥상을 차리며
밤이면 머리끝까지 이불을 쓰고
둥근 집을 떠날 작전을 짜고
퉁퉁 불은 국수 다발처럼
아침 이불 속을 나온다
이렇게 날마다 늙어
내 사는 이유 따윈 잊어도
둥글게 둥글게 산다
보초 없는 이곳에서

# 한 번도 처절히 절망하지 않았다


한 번도 처절히 절망하지 않았구나
죽음 앞에 차마 담담할 수 없으니
간호사의 서툰 바늘 꽂기에 화나고
감지 못한 머리, 옆 침상의 소음
아직까지 참지 못하는 것들
아이들의 목소리, 부모님의 방문
멍투성이 팔뚝, 갓난쟁이 아기
아프고 아프니
늘 죽음을 생각했지만
한 번도 절망조차 하지 않았구나

# 난파선을 타고

혈소판이 8천에서 4천으로 떨어진 날
내 생명이 굴러굴러 부서지던 날
눈물로 앞을 가리던 날
앰뷸런스에 고이 모셔지는 것보다
인턴 그녀의 말처럼 시한부란 이름으로
길 위에서 휙 날아가 버릴지라도
우리들의 난파선
낡은 재산 SM520을 타고
세상 밖으로
더 살아 있기 위하여
큰 병원으로 옮겨가다

# 이천십삼년 팔월 십이일은

가족 분열의 날, 자기 중심의 날
서로 미워한 날, 신념이 무너진 날
배신의 날, 경고등이 켜진 날
골수 검사가 미뤄진 날
힘든 날, 거친 날, 눈이 자꾸 매운 날
바깥 날씨 모르는 날, 말 많은 날
미래가 어두운 날, 어쩔 도리 없는 날
맨드라미처럼 볼품없는 날

나보다 일곱 살 적은
그러나 일곱 배 똑똑한 동생과
네 살 많은
그럼에도 네 배는 유치한 남편이
싸운 날
나를 위해

# 성윤경 교수와 나의 남편

"한번만바깥공기를쐬게해주고싶어요"
"잘못되면진짜안됩니다"
"살려주십시오"
그는 어떤 절대자에게도
무릎 꿇지 않았다
내 죽음의 신호들 앞에서조차
불러볼 그 누구도 없었다
그러나 그는 무릎을 꿇었다
하얀 가운의 넉넉한 미소
행복한 성윤경 교수 앞에서
그날 밤, 나는
내 눈에 보이지 않는 심박세동기와
철저히 무장한 수혈 팩들에 쌓여 있었다
폭풍 속에서 벼락을 피해 가던 밤
내 목엔 깊은 바늘이 꽂혔다

# 아는 여자

그녀를 본 적이 있다
학원에서 강사와 학생으로
그러나 우린 서로 모른 체 중이다
특히 친절한 간호사
그녀는 나를 배려해서
나는 그녀를 난처하게 하지 않기 위하여
그러나 우린 서로 아는 사이다
흉한 병세는 만남의 기쁨을 넘어
서로의 존재도 부정하게 만든다
진정 외면하고픈 나의 병이여

# 동생의 만트라

사랑한다 용서해라 미안하다 고맙다
나는 나를 사랑하지 않았다
이름을 불러 주지 않았다
평생 불러 주지 않았던 나를
소리 낮춰 불러 본다
꼭 살아 줘야 해 사랑해 줄 수 있게
사랑해 용서해 미안해 고마워
내 동생의 주문을 따라
가슴에 손을 얹고
사랑해 용서해 미안해 고마워
사랑해 용서해 미안해 고마워
밤새

# 내 손에 늦은 단풍 들었네

혈소판 두 팩을 연속으로 맞은 날
내 손에 단풍 들었네
노르딩딩 울긋불긋 거무댕댕
8월 폭염의 날들
나 혼자 이른 단풍 들어
병원에 누워 있네
짙은 초록 시트 위에
울긋불긋
선물 포장지 같은 환자복을 입고
멍든 자국마다
노르딩딩 푸르딩딩
단풍을 감상하네

# 행복한 상상

아침상을 차리며 애들을 깨우고 머리를 묶어 주고 로션을 발라 주고 학교로 직장으로 집을 나서는 가족을 배웅하고 커피 한 잔과 아침 드라마. 청소와 빨래를 마치면 친구와 장을 보고 점심을 먹고 수다 한 바구니. 아이들을 기다리며 간식을 만들며 듣는 라디오. 그럭저럭했던 일상, 그러나 멈춰 버린 그림, 이젠 행복한 상상

# 삼키다


나의 병에 이름을 단 날
스테로이드 열한 알
아침저녁으로 삼키다
항암제 사이폴앤을 백 그램씩
아침저녁으로 삼키다
자궁 수축제 위 보호제 제산제
종일토록 해야 할 일들이란
침상에서 약 삼키는 일
그리고 혈색소 수혈, 혈소판 수혈, 채혈
몸 여기저기에 바늘 꽂는 일이다

출혈과 멍으로 얼룩덜룩한 딸을
엄마는 우스갯소리로 아빠는 웃음으로
삼키고, 삼키고
나는 엄마가 끓여 온 뜨끈한 미역국과
동생이 쪄 온 감자와 토마토를
삼키고 있다
식을 대로 식어 가는 내 생을!

# 엄마

엄마는
국 가득, 밥 가득, 반찬 가득가득
그렇게 그릇그릇 담아 두고
일터로 간다
또 누군가의 밥상을 차리러
병든 딸을 가슴에 넣고 일터로 간다
평생 밥상을 차리는 엄마
예순을 넘긴

# 나의 엄마

엄마, 내가 울지 않듯이 당신도 그렇게
말도 안 되는 이야기들로 주저리주저리
수화기 너머로 우는 당신을
이쪽 수화기에서 울고 마는 나를
그렇게 이렇게 말도 안 되게
서로를 달래고 있습니다
농담 끝에도 우리는

(당신의 인생을 너무 많이 오랫동안 망쳐 버렸군요,
당신을 위해 힘을 내야죠, 나의 엄마, 당신처럼)

# 죽음은

밤 사이 조용히 내린 눈처럼
향 숨긴 봄꽃처럼
물드는 단풍 이슬비처럼
때론 소나기처럼
안개나 먹구름이 산을 움켜쥐고 있듯
은밀히 곁에 서 있는

숨죽인 도둑처럼 살금살금
보리 싹처럼 쑥쑥
어둠처럼 고요히
연인처럼 한 이불을 덮고
바짝 붙어 누워

죽음의 책장은 늘
뻔한 스토리를 가진
삶의 또 다른 얼굴로
일요일처럼 펼쳐져 있다

# 변하다


깨진 별
불가사리를 떼 내는 어부
붉은 감탄사를 만들던
수족관의 꽃이
길 위에 쏟아졌다
그 해
다정했던 이 길
그토록 고왔던 사람들이
독처럼 변한

# 동네 세 바퀴 돌 동안

사내아이는
벤치와 도로를 오가고 있다
다 저녁까지 모래 장난을 하는 아이
편의점 아줌마가 사내아이를 불러
아버지와 형의 연락처를 묻는다
아버지의 핸드폰 번호는 모르고
형은 학원에서 늦게 온다고
차다 싶은 바람을 일으키는
이른 가을 밤

오늘 따라 열쇠도 잃어
집으로 갈 수 없는데
기다리는 사람들이 오지 않는다
연신 머리를 쓰다듬는 아주머니
강아지처럼 순한 아이
할미꽃처럼 고개 숙이고
짧게 웃는다
개구리 소리 더욱 거칠어지는 밤
아이의 뱃속처럼 꼴꼴 댄다

4

# 아이들 머리맡에서

한 벽면에 걸린 거만한 텔레비전
엄마의 소녀 적 이야기 따윈
재미 없어 하는 내 아이들
하나 둘이 수제비처럼 퍼져 누운
네모난 거실

가위바위보 가위바위보
빨랫줄 휘도록 널린 이불 뒤에서
놀란 닭들이 날아 나오는 헛간에서
늙은 감나무 뒤에서
하나 둘 찾긴 아이들 술래를 뽑으며
햇빛 아래 익었던 동네 아이들
봉숭아 씨방처럼 팡팡 터져
어딘가 뿌리를 내렸을 가난한 동무들
못 찾겠다 꾀꼬리

아이들 머리맡에서
쓸쓸한 나만의 숨바꼭질

# 옛집

대문 없는 집 마당
양말 한 켤레 걸리지 않은 빨랫줄
그것을 이고 있는 늙은 지팡이
찔레나무 속에서 참새들은 웅성거리고
아이는 문고리마다 감꽃 목걸이를 걸어 두었다
안녕, 안녕 살아 있는 것들아
우둘투둘한 시멘트
아카시아 굵은 뿌리가 드러난 언덕에
자세히 보면 허술한 집을
아버지는 지었다
돌보지 않아도 석류며 감도 익던
기르던 개들과 할머니
차례로 세상을 떠난 옛집
이젠 주인 없는 집
나의 그늘

# 살아남기


벌 한 마리는 며칠째 숨이 붙어 있다
창과 창 사이에서
출구를 찾아다니는 더듬이 두 개와
뒤로 갈수록 길어지는
여섯 개의 힘 빠진 다리로
창틈 아래서 위로, 위로
유리를 타고 오르고 오른다
날 곳 없는 틈에서
목숨을 붙들고 있다
창밖엔 거미줄
거대한 트램펄린이 출렁인다

# 네가 좋다

너는 나에게 다가와도 좋다
손을 잡아도 볼을 쓸어내려도
빤히 들여다봐도 좋다
울어도 좋고 웃어도 그만이다
내일은 소식조차 없어도 좋다
그러다 불쑥 내 방문을 열어도 좋다
마음을 보자고 덤비지 않는다면
나의 고통이라도 네가 좋다

# 복사기 앞에서 1

나무의 키를 넘는 건물에서 보면
실핏줄처럼 갈라진 길 위로
늘어선 영양소 같은 자동차들
그리고 내 혈관을 자극하는
끊임없이 재생된 사람들
영혼 없이 걸어 다니는
복사품

# 복사기 앞에서 2

은행잎 거리에서 물들고
차들은 달리고
사람들은 걷고
건물들은 조금씩 낡고
움직이는 것들로 거리는 넘실
누군가 재부팅을 누른 것처럼
시작되고 시작되는

방금 세상에 나온 달걀처럼 따뜻한
그러나 금새 식어 버리는 활자들이
가득한 종이 한 장
그렇게 복사된, 마침내 버려질
하루, 하루들

# 마치 바위처럼

움직이고 싶지 않다
죄 잊은 채
모두 품은 채
그대로이길
누구도 내 이름을 모르게
주민번호처럼 쉽게 날려 주시길
이미 딱딱해진 마음부터 굳혀
마치 바위의 얼굴처럼
세월 따라 그려지도록

파도에 젖고 햇볕에 타고
바람에 흩날려
날마다 가혹한 생을
견디고 견딘 이렇게 조각난
이 바다의 모래알들
발가락 사이로 밀려 오르는
뜨거움, 뜨거움
기습적으로 부는 바람에
뜨건 모래비를 맞는다

# 천국은 없다

기다리는 것은 배달되지 않았다
우편함엔 카드 청구서
관리비 통지서 마트 쿠폰
그리고 먼지 덮인 교회 전단지
천국으로 가는 비밀 지도처럼
그럴싸하게 방치되어 있다

싸구려 광고지나 한 가지
또 속는 셈치고
저 약도를 따라갈까
닫힌 세상으로부터 너를
여기를 탈출하고 싶어
마음도 천국도 꼭꼭 닫힌 곳
열쇠가 없으면 열리지 못할
죽은 말들만 무성한 천국
기다림의 답도
천국도 없다

# 개봉 박두


배고픈 울음
어미새를 기다리며 우편함을 쪼는
힘 모으는 남자들의 기합소리와
물건들 상처나는 소리
오늘 누구네 집 이삿날인가
마디 끊겨 빙빙 도는 단어들
비명소리조차 귓속에 고이지 않는
어정쩡한 혹은 뚜렷한 아침의 소리들
실눈 속으로 밀고 드는 햇살만은 묵음
우체부가 쑤셔 넣고 간 광고물처럼
뜯지도 않은 채 쓰레기통에 버려지는
씁쓸덜큰한 하루
곧 개봉될


(오늘도 잔치, 시장통 사람들은 일명 떠들썩국수를 끓
이고, 신 김치보다 맛나는 얘기, 아들딸의 알록달록한
이야기, 오늘도 대견한 자식을 가진 어머니들의 호박잎
같은 웃음, 장날 같지 않는 장날, 손님 대신 일수꾼들이

왔다 가도 돈 안 드는 웃음꽃만 가득, 채소는 시들시들
마르고)

## 여기에

우리들이 담긴 세상은
투명한 유리병
몰래 받은 것도 죄 드러나는
노력은 허사가 되고
날 때 잘 태어나야 하는 곳
숨길 것 없지만 가리기 바쁜
척하면 척해야 하는 곳
그물에 걸린 멸치들 파닥파닥
그래도 은빛 갈치인 듯 번들번들
겉 다르고 속 다르게
줄에 매인 인형들처럼
기꺼이 목줄을 맡기고
공존을 허하지 않는 곳에
던져진 사람들
삐삐와 LTE폰을 선택할 권리를 뺏긴
다리가 짧아도 성큼성큼 걸어야 하고
걷고 싶다는데 달리라는
출발선에 세우고 하늘 향해 총을 쏘는

여기 여기에
나를 협박해 세운다

# 종일 말리다

햇빛이 사라진 지 며칠
빨래는 종일 집 안에서 마른다
북어는 겨울 바람을 견뎌 말랐고
망고는 필리핀에서 말라 왔다
바나나는 델몬트사가 말렸고
포도는 캘리포니아에서 말라 왔다
울릉도에선 취나물이 오징어가 말랐다
잘 마른 것들은 이제 새로운 게 되었다

내 하루하루도 바짝바짝 말라 가고
머릿속 생각도 마른 지 오래
나는 아직 나인 채로
일기 한 편 쓰기가 두렵다
집 안의 빨래는 마르지 않고
키 큰 율마는 말라 죽고 있다
책갈피에서 마른 꽃잎이
관계들처럼 부서져 쏟아진다

# 흔들리는 것들

만원 버스, 지하철, 머리 냄새, 숨 냄새, 뒷사람 경계, 달리다 걷다 헉헉 대며 들어선 사무실. 인사말에 고개 들어 말 건네는 사람 몇 안 되는, 칸마다 넣어 둔 검은 알들, 무엇으로 변하려나

걸음도 거리도 뜸한 퇴근길. 지하철은 깊은 어둠 속에서 흔들흔들, 선인장까지 시드는 밤을 쌔앵 꿀럭꿀럭 찌익 덜그럭 덜그럭 소리 속을 달린다. 지구의 길다란 딸랑이처럼. 사람들을 싣고 검은 길을 뚫는다

이번 역은 며칠 전 한 남자가 철로로 뛰어 내린 곳. 멀쩡하게 서 있다 풀쩍 지구 밖으로. 누군가는 아직 흔들리고 어떤 이는 결단을 내린다. 취하지 않고도 헛발을 그렇게

# 주스 한 잔

정지한 칼날
그러나 돌기 시작하면
당근, 포도, 키위 덩어리
애도를 받아들일 사이도 없이
그들은 곱게 갈려
신선한 한 잔의 음료가 되고

빛 좋고, 술술 목 넘김이 좋은
한 잔의 건강 주스
건강한 주스가 되기 위하여
칼날 위에 서다, 기꺼이
간, 쓸갠 물론 혀와 심장까지
내일을 위해 어제를 견딘 나를
무참히 갈아 본다
이를 악 물고

손대지 않은 주스 한 잔
모두 세상 밖으로 나간

이 아침 식탁에
덩그러니 있다

# 아침에

　속 없는 배추에 덕지덕지 양념 바른 것처럼 텁텁한 아침, 붉은 줄 그어 가며 넘겼던 책들은 오랜 먼지를 쓴 채 꽂혀 있고, 밤새 시든 사과 껍질은 사과 비슷한 냄새를 뿜는다, 화장실을 다녀와도 세수는 하지 않았다, 뻔한 날의 아침, 공식같이 움직이는, 전화를 받고 문자를 몇 통 보내고 날아든 잡지며 시집이며 신문을 읽었다, 가까이 가면 도망쳐도 멀리선 아무나 아는 체 좀 하란다, 머리부터 교태 부리는 문장들, 아침부터 깎지마다 빈 땅콩을 까는 기분

## 생각하면

눈물이 난다
자꾸 눈물이
난다
지붕을 탄 빗방울처럼
주르륵 주르륵
떼고 떼도 또 달라붙는
풀가시 같은
생각들, 추억들
닦아도 닦아도
똑똑 종이를 적신다
백지 위에서
곧 출발하려는
연필을 잡으면

# 그녀는


그녀는, 공원의 벤치
감쪽같이 위장한 나뭇결의 온기
그 다정한 부드러움에
다소곳이 앉는다
또 한 컷의 증명사진처럼

취한 남자가 눕고
연인이 다정히 앉고
소년이 뛰고
한 끼의 밥처럼 무거운 것들이
그렇게 떠났을 벤치에

이젠 맨몸으로 눕는 나뭇잎
바람, 햇빛, 구름 그림자
쭈글쭈글한 추억들
정지했던 그녀
떨어지는 유리잔처럼 일어선다
누군가 나의 이력을 들추어 줬으면

한 꼬마가 말수 없는
엄마의 손에 끌려
나는 듯 걸어간다

## 너에게 기쁨이라면

눈을 밟는다
밤새 달려온 손님 같은
어마어마한 생크림으로 덮인 산
그렇게 숨은 길을 찾아 걷는다
밟힌 눈은 나쁜 꿈을 꾼 아이처럼
뽀드득뽀드득 이를 갈고
손에 닿으면 뼛속까지 얼어 버릴 이 시림
나는 모처럼 밝다
이상하게 마음은 그의 손처럼 따뜻하고
이 눈 속에선 나도
너에게 중요한 사람이었던 것 같다
눈들이 웃으며 떠난다
펑펑 내리는 눈 속에서 조금 울었다
날려날려 온 눈발을 얹은 나무들
너에게 기쁨이라면
난, 무거워도 좋다

# 아픔 너머의 꿈에 불 지피기

— 이혜자 시집, 『나의 드라마』

# 아픔 너머의 꿈에 불 지피기
— 이혜자 시집, 『나의 드라마』

## 이 태 수(시인)

1

우리의 삶은 밝음보다 어둠에, 기쁨보다 슬픔에, 희망보다는 절망에 무게가 실려 있게 마련이다. 극단적으로는 절망하고 좌절하면서도 그 반대편으로 나아가려는 꿈을 꾸기 때문에 더 나은 삶에의 길이 열리기도 하고, 그런 삶을 지향하는 만큼의 꿈에 불이 지펴지기도 한다. 시 쓰기는 바로 그런 꿈을 향한 불 지피기이며, 진실을 찾아나서는 마음 열어 보이기에 다름 아닐는지 모른다.

이혜자의 시는 세계나 삶에 대한 비극적 인식을 바탕으로 자신과의 치열한 싸움에서 빚어지는 어둠과 슬픔, 절망과 좌절, 그 너머의 꿈에 불을 지피며 길어 올린 애틋한 결정체라 할 수 있다. 그의 투병 시편에는 상실감과 박탈감, 그 아픔 때문에 절망감에 빠져 헤매거나 자괴감으로 몸부림친 궤적들도 두드러져 있지만, 다시 그 아픔과 비극에 정면으로 맞서면서 온전한 생명력을 회

복하고 새로운 희망을 돋우어 내려는 열망들로 가득 차 있다. 하지만 더 큰 기대감은 오히려 그 너머에 있다고 말하지 않을 수 없다. 투병 이전에 이미 그런 느낌들을 받아 왔지만, 발랄한 언어 감각과 신선한 감수성, 자유분방한 상상력, 감성과 지성의 균형감이 어우러져 빚어내는 개성적인 세계가 가장 돋보이는 미덕이라는 생각 때문이다.


　2

　시인의 내면은 어둡고 처절하다. 자신은 물론 자신의 허상을 바라보는 시선까지도 마찬가지 빛깔을 띠고 있다. 오랜 투병 생활 때문이겠지만, 죽음을 가까이 끌어들여 응시하는가 하면, 극단적으로 죽음 이후의 장면까지 처연하게 떠올려 보인다.


　　나와 묻힐 나의 그림자
　　나의 음지, 나의 그늘
　　마지막까지 내 곁에서 침묵할
　　우스꽝스러운!
　　밟혀도 꿈쩍도 않는 척
　　언제나 무지 아플 너로 인하여
　　나는 통곡한다

　　　　그림자, 나의 상복

―「그림자」 부분

　이 시에서 그려지듯이, 시인은 자신의 허상인 그림자
에 착안, 자신과 함께 매장될 것을 전제하면서, 자신의
‘음지’이자 ‘그늘’로서 마지막까지 자신 곁에서 아무 말
과 불평도 없이 버티어 줄 허상의 아픔을 두고 통곡하기
에 이른다. 기실 자신의 아픔이야 말할 나위 없겠지만,
빛이 있는 한 자신과 떼려야 뗄 수 없는 그림자가 자신
때문에 모든 아픔을 묵묵히 감내할 뿐 아니라 마지막엔
자신의 ‘상복’이 되리라는 비약을 통해 우스꽝스럽기까
지 한 운명의 어둠을 희화화한다. 이 우스꽝스러움(!)은
비애의 극대화에 다름 아니며, 그 비애는 자신으로 인한
것임을 말해 준다는 점에서 깊이 새겨듣지 않을 수 없다.
　이 같은 마음자리는 늦여름 채송화를 보면서 그 꽃의
눈물을 읽고, 개는 하늘의 “느려터진 구름 뒤에서/ 부채
질을 하고 싶”(「부채질을 하고 싶다」)은 충동에 빠지게 되
며, 너그러움과 베풂의 미덕이라 할 수 있는 ‘까치밥’을
두고서도 그 의미를 뒤집어 바라보는 증오의 대상으로
비약되기도 한다.

　　나는 길조吉鳥가 아니에요. 그녀도 나에게 관대하지 않
　았고요. 날마다 욕을 퍼부었고 총성 같은 음악을 울렸고

무지개 끈을 흔들고 덫을 놓았죠. 나를 구워 먹고 싶어 하는 사람들 틈에서 억지로 살아남은 질긴 접니다. 그런데 이게 웬일일까요? 사과나무에 사과가 한 개, 배나무, 감나무에도 꼭 한 개가 간당간당 달려 있네요. 흠, 나를 잡을 미끼, 매달려 있는 그녀의 양심! 연중 행사로 남겨진 까치밥이란 말씀! 까치를 놀리는 까치밥! 마음은 있는데 여유가 없다는 그녀, 미워할 수 없는 그녀, 굶어 죽을지언정 먹지 않을 겁니다. 근데……자존심도 배가 고프군요.

—「까치의 독백」 전문


지극히 상식적인 얘기지만, 까치는 해충을 잡아 먹는 익조이며 길조로 알려져 있다. 까치밥은 감을 딸 때 까치 등의 날짐승이 먹을 수 있도록 따지 않고 몇 개 남겨 두는 감을 말한다. 하지만 이 시에서는 감나무 등 과일나무에 위태롭게 한 개씩만 매달려 있는 열매가 먹이 제공의 배려라기보다는 대상을 잡아 먹기 위한 미끼로 그려지며, 까치밥은 까치를 조롱하는 감으로 뒤집혀 있기도 하다.

뒤틀린 세상(사람)과의 상대적인 관계로서의 까치(나)를 떠올리는 듯한 이 시는 자신을 옭아매고 있는 병(함정)과 정면으로 도전하는 빛깔을 띠면서 자신과의 관계를 적극적으로 드러내는 경우로 보인다. 그런 상대적 관계 속에서의 까치는 길조가 아닐 수 있고, 자존심까지 배가 고프더라도 결코 감을 먹을 수 없는 건 너무나 당연한 이치일는지도 모른다. 아무튼 화자(시인)는 이같이 생명에 대한 집착의 질긴 끈을 붙들고 있으며, 은밀하게 초극의 의지에 불을 지피고 있는 것으로 읽게 한다.

시인은 자신의 지금, 여기의 삶을 들여다보면서 "주인공이 뛰쳐 나간/ 그렇고 그런 드라마"(「나의 드라마」)라고 처연한 어조로 토로한다. 걱정이 늘어나 쌓이고 행복은 자꾸만 소멸하고 있으며, 한때 '꽃이 만발' 했던 시절의 삶과는 점점 멀어지고 있다는 비애 때문임은 말할 나위가 없을 것이다.

늘어 가는 주근깨만큼 쌓여 가는 걱정
한 묶음씩 소멸하는 행복
그리고
한 발짝씩 생으로부터 멀어지는 너
너에게 보내지 못한 편지
수박씨처럼 뿌려진 글자
한때 나의 생 또한 꽃이 만발하였다
그리고 단풍이 들었고
후두둑 졌고
바삭바삭 부서지고
마침내 주인공이 뛰쳐 나간
그렇고 그런 드라마가 되었다

— 「나의 드라마」 전문

이 짙은 비애는 걱정들이 안으로 문제가 생겨 겉으로 드러나는(특히 여성들이 아주 싫어하는) 주근깨에 비유되는가 하면, 행복도 조금씩이 아니고( '한 묶음씩' 이라는 표현에서 느껴지듯이) 무더기로 소멸되고 있으며, 생명력이 소진돼 간다는 강박감에서 비롯되고 있다. 게다가 삶의 절정이 이미 과거형이 돼 버린 채, 수많은 사연들을 안으로만 삭여야 하는 상황에서 자유롭지 못한 현실을 '시들고 지고 부서지는' 정황으로 그리고, 그런 비극적인 삶을 "마침내 주인공이 뛰쳐 나간" 체념의 드라마로 여기기에 이른다.

이 정황을 조금 더 면밀히 들여다보면, '나' 는 객체화된 '너' 로 바뀐 가운데, '시들고 지고 부서지는' 지금/여기의 '나' 로 말미암아 지난날 '나' 의 주인공이었던 '너' 가 무대를 뛰쳐 나가 버린 '부재' 의 대상으로 묘사되고 있는 것으로 읽힌다. 그러나 자신의 온전치 못한 삶에 대한 이 지독한 절망감은 그 반대 방향의 날들에 대한 치열한 열망의 역설로 읽히게 하며, 처연한 반어적 표현에 다름 아니라는 생각에 미치게 한다.


3

시인은 이같이 자신이 그 속에 놓인 삶의 드라마를 왜 이다지 처절하게 성찰하고 있는 것일까. 아마도 '꽃이 만발' 했던 지난날에 대한 그리움과 그런 날로 되돌아가고 싶은 소망이 깊이 뿌리 내리고 있기 때문일 것이다.

투병 때문에 갈등하는 심경을 진솔하게 드러낸 시「책 읽기」는 그 극단적인 예라 할 수 있다. 자신을 투명하게 들여다보는 행위가 '미친 짓'이라고까지 비하되는 이 시에서 화자는 너무나 많은 세상의 함정 때문에 소멸의 위기감이 더 커질 수밖에 없는 절박함을 비켜서지는 못한다.

그런데도 "날마다 파도처럼 책장을 넘겨도 기록된 해법 한 줄 없는데" 자꾸만 그 책을 읽게 되며, 그 행위의 반복에도 불구하고 "꼬인 삶의 실마리를 찾아 밤새 뒹굴뒹굴, 책을 안고. 동행 없는 길, 죽은 자의 책을 덮고 나름 잘 그린 그림을 펼치지만 내 생은 졸작"이라는 자괴감에서 자유롭지 못하다. 하지만 궁극적으로는 그 자괴감 너머의 희망을 집요하게 끌어안고 있는 것으로 봐야 한다.

투병의 나날이 "펼쳐졌다 접히는 파라솔 같은/ 차려졌다 치워지는 밥상 같은 하루"(「하루들」)의 연속이고, "물 위에 빚은 물수제비처럼 가끔 진동할 뿐인/ 생은 취하지 않고 견딜 수 없는 지겨움/ 가시지 않는 갈증"(같은 시)이 되고 마는 '시지포스의 바위 굴리기'와 같다고 하더라도, 그 한가운데서 끈질기게 희망의 끈을 붙들고 있다. 심지어,

편지처럼구겨진얼굴로아픔을굴리고있다
지금은생각을파먹는벌레가되어
추억을갉아먹고있다

—「그리움」 부분

거나, 빨갛게 영글어가는 사과의 달콤하고 향긋한 냄새
를 떠올리면서는,

그 사과의 살 속에서 살고 싶다
징그럽도록 맑아지는 머릿속을 떠나
차라리 꿈틀꿈틀 벌레이고 싶다

—「나는 희망한다」 부분

는 심경에 이르게 될 지경으로 '희망에의 끈'은 집요하
다. 오죽하면 벌레가 되어서까지 추억(꽃이 만발하던
때)을 갉아먹거나 사과(달콤하고 향긋한 곳) 속에서 꿈
틀거리고 싶어지겠는가. 지난날에의 회귀와 앞날에는
지향(희망)을 짙은 페이소스를 묻힌 채 곡진하게 떠올리
는 이 대목들은 "징그럽도록 맑아지는 머릿속"으로 그
려지는 현실의 반대편으로 열려 있다. 그 향일성은 "폐
점 시간 주르르 내려지는 셔터처럼/ 밤이면 비 오는 날
이면 꽃잎을 닫는/ 수선화처럼 꼭꼭 닫히"(「나는 희망한
다」)는 희망 지켜내기의 완강함과도 맞물려 있다는 점도

간과해서는 안 된다.

물론 이 희망의 불씨들은 "알약 하나 삼키지 않고도/ 고요한 마음의 날/ 옹달샘처럼 맑은 날/ 참 희한한 날" (「맑은 날」)이 되레 무섭게(공포감에 빠지게) 만들기도 하지만

> 펄럭펄럭, 콩닥거리는 불안함으로
> 펄럭펄럭, 충혈된 눈으로
> 작은 불씨에 죄 타버리는 나를
> 기적만 있어도 꺼 주시길
> 확실히 아주 확실하게
>
> — 「산불 조심」 부분

라는 극도의 기우와 처방을 기대하는 양상으로 그려지고 있어 시인의 희망에의 열망이 얼마나 뜨겁고 완강한가를 짚어 보게 한다. 이런 심경은 「도토리묵」에서 드러나듯이 미나리, 당근, 깻잎, 양파, 들기름, 자잘한 벌레들까지 갈아 만든 '고단백 도토리묵'처럼 "우리의 생 또한 고단백이었으면" 하는 기구로 이어진다.

시인은 "징그럽도록 맑아지는 머릿속"(「나는 희망한다」)을 떠나고 싶어 할 정도로 맑은 정신으로는 고통스러워하면서 때로는 코스모스가 아닌 카오스의 들끓음을 불러들인다.

뱃속 가득 술을 넣고 누운 밤

바다를 둥둥 떠다니는 꿈을 꾼다

부표처럼 가벼워지는 꿈

(중략)

부글부글 끓어오를 때마다

힘껏 당겨 안는, 뱃속의 술

그 고마운 친구는 지금

나를 발효시키는 중

— 「나는 발효중」 부분

바카스 신은 혼돈을 부르게 마련이지만, 그 혼돈은 또 다른 질서를 잉태하기도 한다. 술을 많이 마시고 잠자리에 든 밤에 화자는 부표처럼 가볍게 바다를 떠다니는 꿈을 꾸게 되고, 뱃속에서 발효되는 술이 자신을 발효시킨다고 여기는 것은 혼돈을 통한 새로운 질서, 그 생명력회복에의 열망이 아니고 무엇이랴.

4

고통스러운 투병 과정과 그 초월이나 초극에의 꿈은 인고의 연속일 수밖에 없다. 절박하기도 이를 데 없다. 혈소판이 급격히 떨어져 큰 병원으로 옮겨진 화자는

"인턴 그녀의 말처럼 시한부란 이름으로/ 길 위에서 휙 날아가 버릴지"(「난파선을 타고」)도 모를 위기감 속에 놓이게 된다. 그 위기감 속에서 "종일토록 해야 할 일들이란/ 침상에서 약 삼키는 일/ 그리고 혈색소 수혈, 혈소판 수혈, 채혈/ 몸 여기저기에 바늘 꽂는 일"(「삼키다」)이며, 그런 불안과 초조로 담당 의사의 말에 신경의 올을 죄다 곤두세우는 일일 따름이다.

> 김나리 선생은 어떤 말을 물고 올까
> 혈소판 수치가 더 떨어졌다고
> 당장 수혈을 해야 한다고 할까
> 좀 더 기다려 보자고 할까
> 스테로이드로 퉁퉁 부은 나의 얼굴은
> 그녀에게 당연한 모습으로 보일까
> 새벽마다 피는 뽑히고
> 아침이면 검사 결과에 피가 마르고
> 집으로 가는 길은 자꾸 멀어지고
> 내가 봐야 할 얼굴은 말라가고
> 뙤약볕에 꽃도 쓰러지고
> ─ 「김나리 선생은 어떤 말을 물고 올까」 전문

병상 일기의 한 토막 같은 이 시는 화자가 놓인 상황을 가감 없이 처절하게 보여 준다. '뙤약볕에 꽃도 쓰러지'

고 말 것 같은 절박한 순간들을 숨막힐 지경으로 떠올리는 이 불안과 초조는 '내가 봐야 할 얼굴은 말라 가고'라는 대목에 이르면 더욱 안쓰럽고 눈물겹게 만든다.

더구나 화자의 발병 시점은 「이천십삼년 팔월 십이일은」에서 드러나는 바와 같이, '가족 분열의 날'과 '서로 미워한 날'이 되고, "나보다 일곱 살 적은/ 그러나 일곱 배 똑똑한 동생과/ 네 살 많은/ 그럼에도 네 배는 유치한 남편이" 화자를 위해 싸우는 날(아마도 견해가 달라서이겠지만)이 되기도 한다.

투병 과정에는 가족이나 타인들과의 관계도 그 이전과는 달라질 수 있다. 더욱 돈독해질 수 있고 아주 멀어져 버릴 수도 있다. 그런데 역시 남편은 긍정적인 방향으로 크게 달라진 것으로 그려져 있다. 어떤 절대자에게도 무릎 꿇지 않던 남편이 의사 앞에 무릎 꿇고 화자에게 "폭풍 속에서 벼락을 피해 가던 밤"(「성윤경 교수와 나의 남편」)을 만들어 준다. 게다가 평소 네 살이 적은 화자보다 네 배나 유치해 보이기까지 하던 남편이지 않았던가.

남편도 그런 요소가 없지 않지만, '아는 사람'과의 관계는 이성이 가장 앞서는 건 당연한 이치다. 「아는 여자」에서 화자는 학원 강사 시절 학생이었던 간호사와 병상에서 만나지만 간호사는 각별히 친절하면서도 아는 체하지 않는다. 화자 역시 그녀를 난처하게 하지 않으려고 전혀 아는 체하지 않는다. 아는 사람 사이의 상호 배려의 모습이라 할 수도 있다. 하지만 "흉한 병세는 만남의 기쁨을 넘어/ 서로의 존재도 부정하게 만든다/ 진정 외면하고픈 나의 병이여"라는 한탄을 삭여야 하는 관계임은 또 하나의 비극이 아닐 수 없다.

이와는 달리 모녀나 자매 사이의 관계는 감정과 감성이 가장 앞서며, 혈육의 정이 진하게 배어나게 마련이다. "엄마는/ 국 가득, 밥 가득, 반찬 가득가득/ 그렇게 그릇그릇 담아두고/ 일터로"(「엄마」) 가면서도 "병든 딸을 가슴에 넣고"(같은 시) 가는 것으로 묘사되고, 그 어머니를 향해서 딸은 "당신의 인생을 너무 많이 오랫동안 망쳐버렸군요, 당신을 위해 힘을 내야죠, 나의 엄마, 당신처럼"(「나의 엄마」)이라는 독백을 낳게 한다. 자매간에는 더욱 애틋한 풍경들이 연출된다.

> 꼭 살아 줘야 해 사랑해 줄 수 있게
> 사랑해 용서해 미안해 고마워
> 내 동생의 주문을 따라
> 가슴에 손을 얹고
> 사랑해 용서해 미안해 고마워
> 사랑해 용서해 미안해 고마워
> 밤새
>
> ─「동생의 만트라」 부분

동생의 주문에 가까운 만트라(진언)는 밤새 자매간의 사랑과 화해와 감사의 마음을 부추겨 주며, 그런 소통을 통한 위안의 공간을 넓혀 준다. 이런 인간관계는 화자가 둥글게 살아가려 하는 마음을 북돋워 주고(「둥글게 산다」), "간호사의 서툰 바늘 꼽기에 화나고/ 감지 못한 머리, 옆 침상의 소음"(「한 번도 처절히 절망하지 않았다」) 등을 참기 어려운 것도 어쩔 수 없는 현실이지만, 절망감을 넘어설 수 있는 힘이 되어 준다. 나아가 절박감을 밀어 내고 관조의 시선으로 '죽음의 책장' 마저 담담하게 펼쳐보는 여유까지 누리게 하며, 초극과 초월에의 꿈에 넉넉한 여지도 확장해 준다.


　　밤 사이 조용히 내린 눈처럼

　　향 숨긴 봄꽃처럼

　　물드는 단풍 이슬비처럼

　　때론 소나기처럼

　　안개나 먹구름이 산을 움켜쥐고 있듯

　　은밀히 곁에 서 있는


　　숨죽인 도둑처럼 살금살금

　　보리싹처럼 쑥쑥

　　어둠처럼 고요히

　　연인처럼 한 이불을 덮고

바짝 붙어 누워

죽음의 책장은 늘
뻔한 스토리를 가진
삶의 또 다른 얼굴로
일요일처럼 펼쳐져 있다

— 「죽음은」 전문

때로는 차분하게, 때로는 격정적으로 죽음을 끌어당
겨 바라보지만, 죽음이 한 이불을 덮고 바짝 붙어 누운
존재로, 삶의 또 다른 얼굴로 한가하게 느껴지는 대상이
되는 정황에까지 이른다. 투병과 온전한 생명력의 회복
에 마음자리가 어디에 있는가가 중요하다는 점을 떠올
린다면 화자에게도, 지켜보는 사람들에게도 여간 다행
스러운 일이 아니다.


5

제1부와 제3부의 투병 시편들과는 달리 제2부와 제4
부의 작품들은 그 이전에 쓰거나 병상에서도 아픔을 잠
시 넘어서 있을 때 쓰인 것으로 보인다. 이 때문에 관심
의 방향이 자신의 내면보다는 외부로 열려 있는 경우가
적지 않고, 대가족의 일원이나 주부, 어머니, 아내 등 일

상인의 자리에서 느끼는 삶의 애환에 초점이 맞춰져 있는 것으로 읽혀진다.

드물게는 정치적 현실이나 사회적 현실에 눈길을 보내고, 날카로운 비판의 화살을 날리기까지 한다. 이 같은 시편에서 보이는 시인의 현실 의식은 기성세대와는 세대차가 뚜렷할 정도로 다르다. 새마을운동 시절의 할아버지 세대와 민주주의의 단맛을 본 자신을 대비시킨 「나의 계보」는 래디컬한 현실(체제) 비판의 한 극단을 보여 주며, 「기다리기」에서는 정권이 바뀌어도 "희망은 너덜하지만버릴수없는속옷"이라든가 "또다른정권을기다리기로한다"는 표현에서 감지되듯, 불만과 조소까지 불사하는 양상을 띠고 있다.

하지만 일상생활 속에서의 화자는 개성의 '발톱'을 거의 드러내지 않는 소시민이다. 알뜰한 주부와 자상한 어머니요, 대가족의 일원으로 살아가는 삶의 결과 무늬들을 다채롭게 보여 준다.

검버섯도 없던 할머니 돌아가시다
사업한다고 허풍 든 아버지 망하다
구겨진 체면보다 아이들이라고
엄마, 몰래몰래 일하러 가다
도시로 유학간 자식들 생활고와 싸우다
시간은 새것을 만들고

헌것은 묻는다
전세값은 오르고 내려도
오늘도 새날인 양 발을 딛다

　　　　　　　　　　　　　─「가족」 전문


　가족사를 들추며 그 어둠과 밝음을 담담하게 요약해
주지만, 너무나 한국적인 소시민적 고달픔을 진술하면
서도 생생하게 떠올려주는 시라 할 수 있다. 이는 어쩌
면 화자 가족에 대한 이야기이면서, 어렵지만 따스한 인
정을 뿌리로 결속된 공동체의 최소단위이자 마지막 보
루이기도 한 '전통적인 가족상'으로 비치기도 한다.
　대가족을 비껴나 핵가족을 이룬 화자의 핵가족으로
좁혀 볼 때의 모습은 어떤가. 신경이 예민하고 날카로우
며, 범상하지만은 않은 개성이 드러나 보이게 한다. 식
욕은 넘치는데 먹지 못해 냉장고의 음식들을 비우고 버
리면서 새것을 사는 쾌감에 젖으면서 스스로에게 냉소
를 보낸다거나 "너로부터 남겨진 나는/ 이미 상해 푹푹
썩어가는 중"(「유통 기한」)이라는 자조감에 빠져들 때도
있다. 「가끔 35분 간 기차를 탄다」에서처럼 일상에 새로
운 변화를 주려 해도 별로 달라지는 게 없어 권태를 느
끼거나 「사는 거」에서와 같이 뜻대로 되는 게 없어 "여
름, 그 계곡의 물처럼/ 콸콸 쏟아지고 싶"어지는 충동에
빠져들 때도 있다.

시인의 일상은 이같이 무미건조하고 시들하지만, 주부로서의 화자는 그지없이 알뜰살뜰하다. 근검절약 정신과 절제의 지혜가 주요 미덕으로 자리매김하고 있는 모습도 도처에서 보인다.

　　노란 포스트잇에 적힌 생필품 목록
　　가지, 오이, 고기 한 근, 고등어 한 손, 수박
　　떨리는 마음에 내 손은 멈추고
　　아이들이 과자 봉지를 들고 눈을 맞출 때마다
　　웃음지었다 고개를 저었다 한다
　　비싸다고 한숨 쉬고, 들었다가 다시 놓고
　　달디단 참외가 그럭저럭 하다고 말한다
　　건강을 위해 소식小食한다고
　　생필품 가격 내렸다는 나라님 말씀 믿고
　　저렴한 것 고르느라 오래 걸렸다고

　　애들아, 다음 장보기는 엄마만 해야겠다
　　　　　　　　　　　　　　　―「장보기」 전문

　이같이 알뜰하고 자상한 마음가짐은 '아는 택배 아저씨'의 계고장 접수와 그 비애(「내가 아는 그, 택배 아저씨」)에 가닿고, "고치를 짓기 위해/ 누에가 섶에 든 것 마냥/ 도서관 칸마다 실크를 꿈꾸는"(「시립도서관」) 공무

107

원 지망생들과 "이십 년은 덜덜거렸을/ 경운기 한 대, 헬멧 쓴 운전자"(「새것처럼 살다」)의 '색 바랜 정겨움'에도 주어진다. 또한 "모모의 시간처럼 정지한 공원에/ 분수와 아이들만이 살아 있"(「분수처럼」)는 광경을 보면서는 "기름값 채소값이 오르는 것처럼 쑥쑥/ 휴가비를 아껴 건전지를 사오는 어머니"라는 애환을 묻히면서도 "모두 에너자이저로 변신/ 아들아 뛰어 봐라, 솟아라"는 전통적인 어머니상을 떠올려 보인다.

시인으로서의 일상도 "방금 세상에 나온 달걀처럼 따뜻한/ 그러나 금새 식어버리는 활자들이/ 가득한 종이 한 장/ 그렇게 복사된, 마침내 버려질/ 하루, 하루들"(「복사기 앞에서 2」)이다. 생활인의 자리에서도 시인 특유의 감성들이 묻어난다. "마디 끊겨 빙빙 도는 단어들/ 비명소리조차 귓속에 고이지 않"(「개봉 박두」)고, "우체부가 쑤셔 넣고 간 광고물처럼/ 뜯지도 않은 채 쓰레기통에 버려지는/ 씁쓸덜큼한 하루"(같은 시)가 저물고 밝아오는 데서도 그런 느낌을 받게 된다. 그러나 기질이나 성품 탓도 있겠으나, 역시 비애의 무게는 가볍지 않아 보인다.

내 하루하루도 바짝바짝 말라 가고
머릿속 생각도 마른 지 오래
나는 아직 나인 채로

일기 한 편 쓰기가 두렵다
집 안의 빨래는 마르지 않고
키 큰 율마는 말라 죽고 있다
책갈피에서 마른 꽃잎이
관계들처럼 부서져 쏟아진다

— 「종일 말리다」 부분

　모든 게 말라 가지만, 종일 말려도 마르지 않는 건 빨래다. 마른 것과 마르지 않는 것의 함수관계를 들여다보면 마르지 않아야 할 것들이 마르고, 말라야 할 것이 마르지 않는다는 데 문제의 심각성이 있는 것 같다. 그러나 이 시가 거느리는 의미의 중요성은 마르지 않는 것을 종일 말린다는 데 있다. 이는 다시 말해 시인의 초극의 지가 강렬하다는 데 유의하지 않으면 안 된다는 점이다.

　마지막으로 인용하는 다음의 시는 바로 앞의 시의 연장선상에서 읽을 필요가 있으며, 각별히 주목하고 싶어지게 한다. 다음의 시에서는 '나'와 '너'의 관계에서 '너'의 기쁨이 '나'의 인내와 맞물려 있는가 하면, 기실 종국에 가서는 제삼자인 나무가 '나'로 바뀌고, 그 나무를 심상 풍경 속으로 끌어들인 '나'가 '너'로 바뀌어 기쁨을 베푸는 메시지를 보여 주고 있기 때문이다.

　눈을 밟는다

밤새 달려온 손님 같은

어마어마한 생크림으로 덮인 산

그렇게 숨은 길을 찾아 걷는다

밟힌 눈은 나쁜 꿈을 꾼 아이처럼

뽀드득뽀드득 이를 갈고

손에 닿으면 뼛속까지 얼어 버릴 이 시림

나는 모처럼 밝다

이상하게 마음은 그의 손처럼 따뜻하고

이 눈 속에선 나도

너에게 중요한 사람이었던 것 같다

눈들이 웃으며 떠난다

펑펑 내리는 눈 속에서 조금 울었다

날려날려 온 눈발을 얹은 나무들

너에게 기쁨이라면

난, 무거워도 좋다

—「너에게 기쁨이라면」

　밤새 내린 '눈'을 '손님 같은'이나 '생크림'으로 읽는 발상은 예사롭지 않다. 그 눈을 밟으면서 '숨은 길'을 찾는 행위도 마찬가지 느낌을 안겨 준다. 이어 '밟힌 눈'을 '나쁜 꿈을 꾼 아이'로 비약시키거나 눈이 밟힐 때의 소리를 이빨 가는 소리로 읽고 있는 건 더욱 그런 느낌이다. 게다가 "손에 닿으면 뼛속까지 얼어 버릴 이 시림/ 나는 모처럼 밝다"는 표현은 과연 어떤 뉘앙스로 읽어야 할지 망설여지기도 한다.

　여기까지만 읽더라도 이혜자의 시적 발상과 상상력이 특이하게도 의식의 흐름을 따라 자유분방하게 열려 있음을 알 수 있게 하는 대목들이다. 그런가 하면, 시인은 잇따라 '눈'을 매개로 '그'와 '나'와 '너'의 관계로 확산하면서, '그'의 손처럼 따뜻해지는 '나'의 마음, '눈' 속에 선 '나', '너'에게 중요한 사람으로서의 '나'를 환기시킨다. 그뿐 아니다. 웃으며 떠나는 '눈', '눈' 속에서 조금 우는 '나'라는 발언으로 예기치 못했던 정황에 이르도록 다시 의미망이 비약되는가 하면, 드디어 '눈발'을 가지에 얹은 '나무들'이 등장해 '나무'가 '나'로, '나'가 '너'로 바뀌면서 눈발을 가지에 얹고 있는 나무들이 화자에게 기쁨을 준다면 나무들은 무겁게 눈을 얹고 있어도 좋다는 이미지의 비약은 시적 묘미를 한껏 증폭시켜주는 것으로 읽게 한다.

　이혜자는 이같이 발랄한 감성과 상투성을 훌쩍 뛰어넘는 상상력으로 개성적인 세계를 펴 보일 수 있는 시인이라는 사실과 그 가능성을 확인케 해준다. 부디 어둠과 아픔을 벗고 뛰어넘어 개성을 마음껏 펼쳐 내는 날이 빨리 다가서기를 기대하는 마음 간절하다.

111

이혜자 시인

1971년 경북 칠곡 출생

대구가톨릭대학교 국어국문학과 졸업

1995년 매일신문 신춘문예 시 당선

《시 · 열림》 동인

이메일: freesoul95@hanmail.net

나의 드라마

이혜자 시집

초판 1쇄 발행일  2015년 7월 10일

지은이 · 이혜자

펴낸이 · 김종해

펴낸곳 · 문학세계사

주소 · 서울시 마포구 신수로 59-1(121-856)

대표전화 · 02-702-1800    팩시밀리 · 02-702-0084

이메일 · mail@msp21.co.kr

홈페이지 · www.msp21.co.kr

페이스북 · www.facebook.com/munsebooks

출판등록 · 제21-108호(1979.5.16)

값 8,000원

ISBN  978-89-7075-635-6    03810